LETTRE

ECRITE DE PARIS

A UN AMI A BORDEAUX,

SUR LE SIÉGE

DE CALAIS,

Tragédie de M. de Belloy.

M. DCC. LXV.

LETTRE

ECRITE A UN AMI

SUR LE SIÉGE DE CALAIS,

Tragédie de M. de Belloy.

VOs defirs feront plus que fatisfaits, mon très cher ami, je fuis affez heureux, pour me trouver un des premiers, à qui il foit tombé entre les mains un éxemplaire de la Tragédie de M. de Belloy. Je me félicite de ce que votre foif pour les bons écrits n'aura point à fouffrir de l'infuffifance d'un extrait toujours fufpect ou infidele. Les ouvrages empreints du fceau immortel dés talents & du génie, ne veulent point être découfus; femblables aux chef - d'œuvres qu'a produit la hardieffe fublime du pinceau de Raphaël, on admireroit à la vérité chaque lambeau, s'ils étaient mis en piéce; mais les rapports ne fe rencontrant plus, ils cefferaient de for-

mer cet enfemble qui frappe, faifit, étonne
par l'excellence de l'harmonie, la force de
la touche, & la délicateffe du coloris.

Je vous laifferois prononcer vous même
fur le mérite du Siége de Calais, fi l'é-
troite amitié qui nous lie depuis fi long-
temps, ne m'impofait la loi de vous rendre
compte du jugement que le Public en a
porté ; jugement qui parait beaucoup inté-
reffer votre curiofité. Nos plus celèbres
Poëtes n'en pouraient ambitionner un plus
avantageux. Dix-fept repréfentations toutes
également applaudies, ont décidé le fuccès
de cette Tragédie qui a été interrompue
par la cloture des fpectacles, mais à qui
le vœu du public en promet encore d'a-
vantage. Les récompenfes honorables &
flateufes dont M. de Belloy a été comblé
par un Augufte Monarque, ami & protec-
teur des talens avoués ; le fuffrage qu'il a
mérité d'un des plus grands génies de fon
fiécle * ; l'hommage plein de reconnaif-

* M. de Voltaire a écrit à M. de Belloy une lettre, où
il rend juftice à fes talents.

fance que lui a rendu la Ville de Calais **, font les brillants trophées qui ont contraint l'envie au filence.

A peine l'aiguillon envenimé de tous les petits infectes litteraires, a-t-il pû l'effleurer. Vous fçavez que ces barbouilleurs de papier à la femaine, reffemblent à ces Aftronomes qui s'evertüent pour découvrir des taches dans le Soleil ; pitoyables fçavants dans l'art de la Métromanie, incapables d'atteindre à la palme glorieufe qui couronne le front des vrais Poëtes, pour fe venger du refus que la nature leur a fait du noble feu de l'enthoufiafme : ils dépriment avec une avide malignité, l'ouvrage qu'un habile maître n'a pû garantir de quelques taches. Intrépides çenfeurs, tantôt on les voit fuer fang & eau pour lancer le venin de leur fade critique fur deux ou trois vers qu'ils ont réfumés entre un mille qui refpirent l'élégançe, la chaleur & la nobleffe ; tantôt fe piquants d'une connaiffance profonde dans le genre dramatique, on les entend fulminer, anathême contre

---

** Les Habitants de Calais lui ont déféré le titre de Citoyen de çette Ville.

les Sophocles & les Euripides, qui ont osé secouer le joug tiranique d'un préjugé ridicule, & s'affranchir des régles d'une insipide méthode, qui genait l'effort de leur génie. Malgré la morgue jalouse de ces épilogueurs, ces aigles animés d'un ardent courage, s'élevent d'une aîle rapide, & vont se reposer aux cieux.

C'est sans doute à cette noble audace, que M. de Belloy doit le reproche que l'on lui fait, d'avoir exposé sur la scène un assemblage confus d'événements que l'ordre des temps a tous éloignés les uns des autres, & dont les époques diverses forment autant d'Episodes, qui quoique liées ensemble, semblent déranger l'unité de l'action. Virgile pour ainsi dire aussi voisin des temps où il a fait séjourner Enée chez Didon, que M. de Belloy, l'est du Siége de Calais, matiere qui n'offrait par elle-même que le sujet d'un Drame dans le gout de ceux de Tirthée, n'a pas laissé que d'introduire dans son poëme cette Reine que tous les critiques de son siécle savaient n'avoir existé que quatre cents ans après la prife de Troye. N'aurait-on pas droit de faire reffouvenir ceux du notre des préceptes d'Horace, qu'ils ont fans doute oubliés !

Le Poëte difpenfé de la Loi qui eft im-pofée à l'Hiftorien, de ne fe point écarter de la vérité, & de fuivre avec exactitude l'ordre des temps, peut à fon gré feindre tout ce qui peut contribuer à l'embelliffe-ment de fon Poëme, & même réunir des faits qui concourrent à l'enrichir par leurs beautés. Il a rempli fon devoir; dès qu'il a fçû nous toucher, nous plaire, remuer nos paffions, & élever nos fentimens, en nous infpirant l'amour de la vertu & l'hor-reur du crime. M. de Belloy, s'eft mer-veilleufement acquitté de cette tâche. Pou-vait-il échauffer l'ame des Spectateurs d'un plus noble feu, qu'en réveillant dans leur cœur cet amour fublime de la Patrie, que tout Français, au feul nom de fon Roi, fent pétiller au fond de fon cœur. Il eft vrai que nos petits Maîtres ambrés, accoutumés d'a-limenter leurs paffions de ces peintures d'a-mours effrenés, de parades fanguinaires, de crimes déteftablement héroïques, ne trouveront pas le dénouement de cette piéce, qui se fait par une action généreuse, assez tragique. Le rôle d'Aliénor n'aura pour eux rien de fort intéressant. Une Héroïne qui se sert de l'amour qu'elle a inspiré à Harcourt, pour lui faire abhorrer son crime, & le ramener à la vertu, ne les touchera pas tant, que celui d'une Coquette affectée, sçavante dans l'art de se lamenter, de s'attendrir, & de s'emporter tour à tour contre un Amant dont elle craint l'infidelité.

Ah! que ce serait une douce satisfaction pour moi, mon cher ami, s'il vous étoit permis comme autre fois de partager avec moi le plaisir d'être ému, touché des sentimens nobles & pathétiques, que vous éprouverez à la lecture de cette Tragédie! Vous ne jouirez pas à la vérité de cette illusion enchanteresse, qui transporte le Spectateur sur la scène ; mais vous rendrez justice aux talens du Poëte.

Je suis mon très cher ami, avec l'attachement le plus inviolable,

Votre très-humble & très
obéissant serviteur P.

COPIE *de la Délibération de la Ville de Calais , & de la Lettre que les Magiſtrats de cette Ville ont écrite à Monſieur* DE BELLOY, *Auteur de la Tragédie du Siége, le 9 Mars.*

A L'ASSEMBLÉE des Maires , Echevins & du Conſeil de la Ville , le Procureur du Roi de la Ville a dit :

MESSIEURS,

Nous avons appris avec la joie la plus vive que le Siége de Calais que M. DE BELLOY vient de mettre au jour, a été couronné du ſuccès le plus éclatant : cet Auteur s'eſt couvert d'une gloire immortelle, & cette Ville a l'avantage de la partager avec lui, puiſqu'elle lui a fourni dans le ſujet de ſa Piéce, un de ces grands exemples, d'amour, d'attachement

& de fidélité , dont tout François doit être
animé pour son Roi , & qu'elle en a donné
des preuves éclatantes , non-seulement dans le
Siége de 1346 par Edouard , mais encore dans
celui de 1596 par les Espagnols , où 968 Bour-
geois prirent glorieusement les Armes à la
main , & sur la bréche , & en 1657 lorsque les
Espagnols firent une entreprise sur cette Ville,
dénuée de garnison , que la bravoure des Bour-
geois rendit infructueuse.

A l'image de ces Héros toujours présente à
nos yeux , va se joindre celle de l'Auteur ini-
mitable , qui a sçu si bien les caractériser ; Heureux Habitants des murs qui ont vû naître
Eustache , si nous formons des vœux , ce seroit
de devoir M. DE BELLOY , à la même Patrie.

Privez d'une satisfaction qui combleroit nos
désirs , nous pouvons nous la procurer par
adoption.

A cet effet ledit Procureur du Roi a con-
clu à ce qu'il soit écrit à M. DE BELLOY ; une
Lettre de félicitation , avec prieres de per-
mettre qu'il lui fût présenté , dans une boëte
d'Or aux Armes de la Ville avec une devise
convenable , des Lettres de Citoyen , & que
son Portrait soit placé en cet Hôtel.

Qu'à l'effet d'exécuter ladite Délibération, M. de la Place, & le Senéchal, dont le zèle pour cette Ville est si connu, seront aussi priés d'accepter la qualité de députés, & les Procurations nécessaires pour remplir un objet aussi intéressant.

L'arrêté fut unanime, & conforme au Requisitoire.

***

COPIE de la Lettre écrite à M. DE BELLOY.

MONSIEUR,

C'EST avec bien de la satisfaction que nous remplissons les vœux de nos Concitoyens, qui nous chargent de vous adresser une copie de la Délibération que nous venons de faire : nous espérons, Monsieur, que vous acquiescerez à nos desirs, en nous permettant de vous faire présenter des Lettres de Citoyen de cette Ville : Qui les a jamais mieux méritées ! Vous venez d'éterniser sa gloire dans le tableau le plus frappant, d'amour & de fidélité pour ses Rois qui l'ont toûjours caractérisée. Le nom d'Eustache de Saint-Pierre est devenu inséparable du vôtre, on ne peut se rappeller son héroïsme, sans admirer vos talens; vous avez acquis l'un & l'autre un même droit à l'immortalité : vous êtes également chers à cette Ville ; elle a vu naître Eustache, vous en serez Citoyen : personne ne fut plus patriote que lui, personne ne peignit mieux que vous le vrai patriotisme.

Privez de la satisfaction de vous posséder dans nos murs, & de vous y payer le tribut de notre reconnoissance ; permettez au moins, Monsieur, qu'en plaçant votre portrait à côté de nos plus illustres Bienfaicteurs, nous laissions à nos neveux un souvenir éternel du juste attachement que la Ville de Calais vous a voué.

Nous avons l'honneur d'être , &c.